KB075052

모나크 나비처럼

한영채 시집

시인의 말

상처 난 모퉁이와

몸 낮춘 어린 풀과

뿌리 깊은 고백의 시간과

말의 무덤을

詩의 결로 버무린다.

2021.
한영채

차 례

● 시인의 말

제1부

제2부

제3부

제4부

제1부

고양이 도서관*

저 안테나 좀 봐
긴 꼬리 세우며 귀 키우는
발톱이 창가로 숨어든 방
폴래폴래 먼지 나는 캣 타워
도서관 책장 위 그들
꽃피는 천국이다

좁은 둥지에 등뼈 움츠리며
발바닥 시리던 낡은 자동차 아래
모가지를 파묻고
어두웠던 하루를 기억한다

햇살이 먼지를 턴다
바람에 꽃잎 날리듯
털을 비비는 오후
코 비비며 백색 알약을 먹는 나

책장 위 푸른 조리개가 앙칼지게 멈춘

도서관이 경계 밖에 있다

* 양정 작은 도서관(달팽이).

고흐가 왔다

사월이 물감을 푼다

새벽 별이 쏟아졌는지 노랑 물안개가 핀다
바람이 몰고 온 거대한 노랑을
그림자 항아리에 꽂는다
물안개도 꽂는다
흐르는 강물, 긴 꽃병에 어제 온 비가
깊고 푸른 물 가득하다
겨울 지난 씨앗들이 아몬드 나무처럼 자라
연노랑으로 일어나는 중이다

사월 중심에 선 나는,
자화상을 생각하는 사이
물방울이 별처럼 튄다
작은 바윗돌에 앉은 어린 자라가 햇볕을 쬐는데
바람이 불 때마다 노랑노랑 흔들린다
2층 카페테라스를 지나는 물병아리들
어디선가 노랫소리 들린다

강물을 담은 모가지 긴 꽃병

해바라기 없어도 해바라기 가득하다

강물에 고흐가 지나간다

모과

그녀가 꽃을 피운다
커피 찌꺼기를 뿌리에 묻으며
예쁜 새끼를 낳아다오

단단한 그녀를 누가 모개라 불렀는지
부드러운 목소리로 보듬는 진한 꽃향기
결혼식 행진을 기다리는 드레스 입은 신부다

진통을 겪어야 고운 꽃을 피운다지

분홍빛으로 온 그녀가
가지 사이 꼭꼭 숨어 견딘 열매가

겨울이 가고 검은빛이 돌더니
향기 남기고 떠난 날
붉은 젖꼭지 달고 온 나뭇가지에
다시 꽃을 피우기 시작한다

팬지

지하상가 평화 뜨개방 여주인 가는 손가락 연신 움직이며 뜨개질한다

엷은 보라색 블라우스 입고 다소곳이 한 코 한 코 편 수를 늘여간다

낮은 곳을 지키는 그녀, 앉아서 세상을 보는 앉은뱅이

쉬쉬

문 앞에 그가 누워 있다

오랜 시간이 지났는지

소나무 느티나무 오소리나무를 지난 뒤였다

등걸이 딱딱해지기 시작한 건

오래전 일이다

허공으로 누워 다리를 뻗은 채

산문에 울려 퍼진 곡

풍경소리 들린다

딱딱하게 굳어버린 등가죽에

플래카드 압핀이 박혀

폭설이 내린 날 새들이 콕콕 찍어대도

이끼들이 시간을 메우고 있다

한때 비 오는 풍경과 눈부신 햇빛과

바람의 대화도 있었으나

등가죽이 말라붙어

목에서 갸르릉 소리만 날 뿐이다

지나가던 사람들은 쯧쯧,

작년 이맘때 어린 가지 두 손을 흔들었는데

배를 움켜쥐고 고개 숙인 채

쉬쉬, 나를 찾아가는 법

통도사를 지키는 등신불이 되겠다고

그물망 안으로 그의 푸른빛을

물기는 기다리는 것이다.

길이 필요하다

가방에 지도가 무겁다는 백씨를
길에서 만났다

요즘 섬이 인기라네
아마도
아무래도

아마도 섬을 팔러 나선 걸까

낮은 콧등 그녀가
크게 보인다
꽃잎으로 화사하게 메웠지만
곰보가 맹지 같다

길 없는 길 따라 콧등에 오르면 부근이 모두 우리 땅이오
코를 벌렁거리는 그녀

금방 맥을 끊고 산을 드러내는 괴물이

꽃과 들풀과 오소리 멧돼지 사슴의 길을 막아
바둑판처럼 선을 긋는

황금이 된다고 소리치는 허공이
땅땅 울린다

얕은 우물처럼 파인 그녀가 봄날 화사한 복숭아꽃 같지만
풍선처럼 부풀려 허공에 날리는 값

맹지에게 길이 필요하다

구름 연밭

계단을 오른다

숨소리가 따라 오른다

정상으로 가는 길, 팻말 하나둘 지나고

검은 숲 헤치고 2,744m 고지로

자작나무 전나무 마가목 획획 지우고

팔부능선이 구름 위로 오른다

북으로 계곡은 아찔하다

산안개는 바람이 부는 대로

발아래 구름 연밭이다

마지막 계단에 올라서자 하늘이 내린다

천지는 푸른 얼굴이다

나의 뿌리는 여기서 시작인가

달빛이 차오르는 저곳이

꿈꾸는 천상이다

남으로 북으로 발아래 구름이 떠다닌다

눈길 가는 곳마다 그윽한 연밭

천상으로 가는 낡은 용선이 까마득히 길 위에 섰다

여기는 아웅다웅 숨 쉬며 살아가는 지상

그림자가 구름 연밭으로 내려온다
어디에도 연밭은 없다.
여기가 적멸인가 달빛이 차오르면
만 개의 길이 열릴 것이다

가상의 것들

　푸른 넥타이들이 집중한다 붉은 지팡이를 휘두르자 아무
도 가 본 적이 없는 흰 비둘기가 날아오르는

　비트코인 알트코인 아드코인 바이트코인 꽃을 든 무대가
열린다 자리 잡은 사람들 보이지 않는다 코인들이

　하늘로 하늘로 쏘아 올린 꽃송어리 꽃처럼 화르르 올랐
다가 신음하듯 내리고 함성은 시시각각 허공을

　메우고 있다 함성이 떨어지면 어디로 튈까 주술에 걸린
화폐가 허공에 터졌다 가슴에서 꺼낸 붉은 카네이션이

　연기처럼 사라지는 여기 이 자리가 거짓일까 진실일까
입으로 뿜어내는 가상의 것들 좀처럼 동공의 틈을

　주지 않는다

감천마을

하늘이 맞닿은 성곽 난간

파도 소리에 골목이 푸르게 멍들어

널브러진 늙은 고양이 비탈 그늘에 새 떼와 살고

바람은 비파나무를 스치고 간다

끈질기게 풀이 돋는 골목에

나를 업어주던 어린 숙모는

삼촌이 죽은 후

감천마을로 숨어들었다는데,

제비집 같은 좁은 다락방

오래된 저 방앗간에 언제쯤 다녀갔을까

뱃고동 소리 슬프게 들었을 것 같은데

낡은 골목 계단을 헐레벌떡 올랐지만

옛 기억을 해독할 수가 없다

난간에 앉은 어린 왕자는

말이 물을 마셨다는 감천마을

물맛을 기억하고 있을까

낯선 우물 속 시선이 하늘을 본다

예닐곱 살이 돌아왔다

리어카 담벼락에 기대고 있다
탑처럼 계란판 쌓고 골목을 누비던
오십 년 그늘이 쉬고 있다

애야, 거울 속 저 할머니 누구니?
나는 어디 있니?
희미한 거울 보며 잇몸 드러내 웃는다
거울이 어색하게 따라 웃는다
여든에 우레처럼 찾아온 열사병
여름이 지나간 줄 모르고
그해 시간을 통째 잃어버린 일
그리하여 좁은 골목을 서성이는 일
햇볕 쬐다 먼 곳 쳐다보는 일
나를 잃고 너를 보는 순간
첫 휴가이자 生의 마지막 휴가가 된

단발머리 빗어 넘기고
계란 반 판 값으로

엄지손가락 같은 감나무 마당에 심었는데
그 나무 둥치 허리만큼 자랐다
수국이 피기 전
집 떠난 아이들 목소리가 오래오래
희미하게 들리는 듯

예닐곱 살이 돌아왔다

너희들 아니? 아버지는 시인이셨어, 너희들 아니?
녹슨 녹음기처럼 되풀이다
어린 철학자가 된 황금동 언니
입가 굵은 주름이 아버지를 찾아 나선다
넘어가던 햇살이 리어카에 비치자
잊힌 기억이 잠시 주인을 찾아온다

나, 황금 달걀 주인이야

로드킬

검은 발이 달린다

고양이 눈알 닮은 전조등이 희번덕거리며
벚꽃 진 한적한 도로를
가로지른다

속도가 절룩이고 방향이 몸부림친다
급브레이크를 밟으며
뒤돌아본다

하얗게 떨어진 만장들
풍장과 조장, 수장과 충장이
한꺼번에 몰려든다

검은 발이
쏜살같이 봄을 달린다

목련

목련 아파트 305호 모퉁이 사이 햇살 깊다

하늘 속 치어들, 혓바닥 내밀어 솟아오르고

푸르게 귀 당기는 새싹들 귓속에서 잎사귀 자란다

누가 나무뿌리 흔드시는가, 손 내밀어 물풀 되는 향나무

고목 가지에 파도치는 은빛 봄멸이

하늘 향해 오물거리며 입술 벙글고 있다

그대 멀리 떠나기 전, 소식이 툭 떨어지기 전

그물 쳐 봄을 낚는다
저 흰 꽃숭어리 봄 바다 치어들

황금동 언니

황금동 언니가 계란을 판다 공원 모퉁이에 제당 내력을 팽팽하게 당기는 팽나무처럼 단단한 뼈 키우며 계란을 판다 슬픔을 버슬처럼 황금동 이전부터 계란을 판다 계절 잊은 오랫동안 계란을 판다 계단 아래 보라 수국이 활짝 피던 날 편서풍이 불어도 계란을 판다 회색 골목을 누빈 지 오십 년 계란찜 계란말이 계란구이 깨진 계란을 새끼줄에 묶은 채 죽었다는 소문이 금호강으로 흘러도, 탱탱한 힘줄이 황금 계란을 판다 휘어진 어깨 처진 78번 나이테가 황금동 집 한 채 일군 날 일사병으로 누운 황금동 언니 눈 감고 허공에 손 저으며 황금 계란을 판다.

제2부

피에르 로티 언덕

올리브 나무가 손짓하면

낡은 케이블이 느리게 피에르 로티 언덕을 오르네

회색빛 저녁 비스듬히 누운 사각 돌무덤들

멀리 갈매기를 잠재우네

벽돌 화분이 흰 언덕을 이루었네

손을 맞잡고 가파른 계단을 오르는 불빛

올리브 나무와 얼굴을 마주하네

진한 터키산 커피를 마시며

내려다보이는 카페에서

푸른 파도가 흘러간 사랑을 찾아 나서네

하얗게 언덕을 맴도네

소나기가 우우우 소리 내어 우네

보스포루스 해협이 푸르게 출렁이네

죽은 자와 산 자가 걷던 해변이 하얗게 부서지네

꺼지지 않는 불꽃이 언덕을 수놓고 있네

이슬람 사원에서 사랑의 주문이 흐르고

올리브 열매가 나의 심장을 때리네

회색 아이

카파도키아 가는 길
땡볕에 누운 회색 줄무늬 찌그러진 버짐 아이

말 달리던 오스만 병사가 벌판에 나뒹군 것처럼
때가 낀 할머니 목덜미 잔주름 같은

메말라 비틀어져 널브러진 것

우두둑 소나기가 사막을 지나자
듬성듬성 푸른빛
양 떼가 떼창으로 골짜기를 메운다

덜컹거리는 창 너머 깡마른 손 내미는 눈 깊은 목동
일 달러가 나뒹군다

목화밭 너머 풀어진 회색빛 고개
뱃살 불린 늙은 호박이
들판에 층층 탑을 쌓고 있다

파묵칼레의 아침

붉은 성전을 지나자
소금의 전설이 솟아오르네
소금 먹은 석회수가 꽃을 이루네
신들이 찾던 이곳
목면의 성이라 부르네
수십만 평이 꽃을 피우네
발을 적시면 모두가 꽃이라네
찬란한 햇빛이 설산을 녹인 듯
옹기종기 다랭이 논처럼
눈부신 하루를 녹이네
웅덩이마다 하늘 꽃이 피어 있네
산 너머 구름이 흐르고
유리알 같은 작은 호수에
하늘이 내려앉네
아래로 콸콸 푸른빛 신의 눈물이 흐르네
눈물 속에 내가 누워 있네
시원하게 감싸주는 어제와 오늘
시간의 꽃을 피운

파묵칼레의 아침이 오네

벌의 대화법

꽃이 없다는 무화과
이스탄불 아침 식탁에 올랐다

한 입을 베어 물고
가시도 없이 질투도 없이
몸 안에서 꽃이 핀다지?
이 방 저 방 둥근 꽃방
꽃물을 먹는다
창밖의 벌이 이 꽃 저 꽃을 다닌다
손님에게 한 방을 아내에게 내준다는 에스키모 추장처럼
티베트 농가에서 방과 방 사이 일어나는 일
안개처럼 일어나는 고요
고요에도 뼈가 있다
쌉달콤한 사과꽃을
복숭아꽃을 빨다가
털이 송송 난 무화과에게 왔다면

무슨 맛이 날까

이 꽃 저 꽃 다니는

벌의 대화법

위대한 밥상 앞에서

사랑을 나누는 중이다

데린쿠유*의 비밀

올리브 나무 아래 순례자는 마른 숨을 돌리네 가뭄이 깊은 우물로 가려면 쉼이 필요하네 코 고는 알리바바 숨이 넘어갈까 두렵다네 지하의 거대도시는 파란 달팽이관, 몸을 말아 두더지처럼 숨을 죽인 채 비밀 사원으로 가는 길 고개 숙이다가 턱 올리면 안 된다네 말발굽 소리 들리면 귀뚜라미도 예민해진다네 낯빛이 누런 그들이 지나가고 알 수 없는 미래에 족적을 남긴다네 계단은 구불구불 아래로 옆으로 미로의 꼬리를 놓치면 하늘과 맞닿은 저 아래 깊은 웅덩이 카이마클리 전설로 툭 떨어진다네 데린쿠유의 비밀이 솟아오른다네

지하 비밀문서가 물처럼 흐르고
올리브 나무 아래 시간의 순례자가 쉬는 동안
어제의 마른 바람이 서성이는 오후

* 데린쿠유 : 터키에 있는 대규모 지하 도시.

백야의 시간

터널을 지나온 후 밤이 사라진다 나의 몸이 기울어진 후이다 긴긴 시간이 낮을 달린다 사라지지 않는 별을 보며 삼단 커튼을 닫는다 눈을 뜨고 잠을 청했으나 눈썹엔 서릿발이 내린다 눈이 부시다 밤이 깊었으나 전등이 필요치 않다 개미들은 영문도 모르고 집안을 맴돌았다 눈 깜빡할 사이 감청색 오로라가 휩쓸고 지난 뒤였다 뿌옇게 백야는 할 말을 잊었다 내가 걸어온 길을 잃어버렸다 다시 뒤돌아 황량한 풍경을 남긴 발자국을 보며 마지막 여행자가 되고 싶었다 손잡이는 필요치 않았다 방금 스쳐 간 자리에 적막은 또 스쳐 지난다 꿈을 꾸듯 어떤 기억을 찾아가는 동안 풍경의 안쪽은 망각 속에서 자랐다 이대로 북쪽으로 북쪽으로 눈을 감고 종소리를 따라 들판을 걷는 시간이다 푸른 호숫가에서 낯선 목소리가 들린다 묵직하게 펜을 들었다 백지에 다시 점을 찍기 시작한다 지지 않는 태양 너머로 다시 여행을 떠난다

기타는 그의 말이다

수십 년 넘은 기타가 소로를 걷는다
알람브라 궁전의 연주를 들으며
달빛에 리듬을 토해내는
손끝은 고독이다

나무 아래가 경전이고 찻잔인 기타는
변함없는 의자다

불빛 너머 침묵을 좋아하는 그는
그녀를 안 듯 고갤 숙이고
손가락을 오르내리며 도돌이표 여행을 한다

누구도 가지 않은 소로는
울림이고 늪이다

높아지는 기타 소리에
자판 두드리는 굵은 그녀 손가락
지저귀는 새처럼 빨라진다

깊은 시를 생각하는 객석 그녀
기타 줄 끊어진 줄 모르고 눈 감은 그는
슬뻔* 기타를 안는다

가끔 그리운 성자가 되었다가
침묵의 테러리스트라고 생각하는 기타는
온몸으로 말하다

고독한 커튼을 내린다
소로에서 오래된 몸을 접는다

* 슬픔과 기쁨의 합성어로 만듦.

치과에서

바람이 들락거리는 시간을 따로 매길 수 없다
사각의 시간이 지나간 자리
다육의 감정이 오고 간 마지막 골목에서
눈을 감고 비스듬히 눕는다

입을 크게 벌려 주세요

형광 라이트가 켜지자
떼 지어 날아드는 말벌 소리가
심장을 타고 온몸을 감전시킨다
축적된 시간이 물길을 찾지 못한 낡은 대문
삐꺽대는 언어가 달그락거리는
묵언의 시간
굳게 눈 감은 동안
깊숙한 곳에서 열기의 뿌리는 단단하다
소릴 먹는 대문의 질서가
바람을 잠재운다

자, 입을 다무서도 됩니다

다시 출발이다

끈

끈을 연이라 부른다
끈끈이주걱처럼 이루어진 대궁
인연이거나 연꽃이거나
중심이 푸르면 뿌리는 튼튼하다

넓은 잎에 앉은 물방울 또르르 떨어질 때
새로운 길이 이어진다

멀리 있는 그에게
연 이파리 돌돌 말아 바다 우체국으로 가
이야기가 있는 바닷가에서
뱃고동 소릴 듣는 오후

홀연히 떠난 그의 쓸쓸한 정거장이거나
고개 떨구며 돌아오는 길이거나
보이는 끈보다
보이지 않는 끈이 두텁다

연은 둥근 길이다

유월 햇살이 푸르게 이파리 키울 때
바람이 부는 대로 흔들리다가
대궁은 굵은 밧줄로 뿌리 중심을 키운다

끈이 무럭무럭 자란다

밥

꽃잎이 떨어진 줄 모르는 봄
검은 비가 내렸다

폭풍 질주하는 도깨비가 감금당한 늘어진 시간
땀 흘려도 폭염인 줄 모르는 여름은
검은 마스크를 대신했다

텅 빈 사거리 마네킹처럼
시간은 하얗게 움직이지 않고

옆집 추어탕 가게는 문을 닫았다

개밥 그릇엔
새끼를 갓 낳은 고양이가 살금살금 다녀갔다
전깃줄에 앉은 참새가
쏜살같이 내려와 노란 부리로 그릇을 쫀다
개미군단이 땡볕에
누운 지렁이를 이끌고 간다

땡벌이 붕붕 다녀간 낮,
밤에는 귀뚜라미가 개밥그릇에서 운다

초록은 폭풍으로 시들어
며칠째 비린내 나는 시간이 지났다

유리창 너머 숲으로 가는 길

저기, 은행나무가 노랗게 기다리고 있는데

다들, 밥은 먹고 다니냐?

모서리의 말

각을 열자 그와 나를 가둔

까만 상자가 와르르 쏟아진다

모서릴 지키는 옹이

틈을 들여다본다

무얼 꺼낼까, 꺼낼까

망설이는 사이 눈이 흐려 각이 흔들리다

서랍 귀퉁이에 깊이 넣어 둔

딱정벌레 같은 속살의 조각 뼈가 보인다

찢기고 구겨진 신문 모서리에

낯익은 이름 남편 홍대리

낡은 폐선 위 가스폭발로

푸른 달팽이관을 울리고 울고

그와 보낸 아우라지 한때 기억할 새도 없이

터 잡은 난소암, 어린 아들의 처진 어깨에

부글거리다 침전된 효소

눅눅한 이끼가 상자 안을 채우고 있다

둥글지 못한 내 안의 모서리가 소리를 낸다

마로니에 그늘이 푸르게

가을 만드는 오후

순대의 말 2

===〈〈굵고탄탄한주둥이를연다머리굴리는수준높은정치
인들이중인격폭력시위자위증자수백개의정당의이름들과낮
은개천의썩은물로사회악들을매치고다지고다시쳐속재료
로잘버무려사회봉사자가빵빵해질때까지앞뒤꼭꼭묶어우주
로쏘아보자는순대의전언〉〉===

입동 무렵

극락암 툇마루 노스님 앉으셨다 높은 구름은 한가롭고 느티나무 이파리 붉다 햇살은 얼굴 골짜기를 부빈다 골짜기마다 그늘 넓힌 산사의 열매도 붉다 법어를 내리시는, 따사롭게 혹은 쉬엄쉬엄 푸르름이 빼어난 노송처럼, 굵은 획 그으시는 말씀에 만추가 숨을 몰아쉰다. 잠시 눈 감았다 뜨는 일이 삶이라고 획과 획 사이 주장자 치고 둥글게 함박 웃으신다 툇마루 볕 쬐는 눈빛이 늙은 느티나무 나목 같은 극락이다

그녀가 만추의 길로 떠났다 겨울이 깊어 갈 무렵 극락암 툇마루에 앉은 명정 스님께 맨발로 뛰어들어 두 손 모아 머리 조아리며 울먹이던 그녀가, 굽다리 항아리처럼 간절한 불심으로 기도하던 첨 본 그녀가, 눈빛 쓸쓸한 그녀가, 라오스 해변 절벽을 건너 호숫가 물의 심장으로 걸어 들었다는 그녀가, 어디쯤일까 굵은 획 그은 그녀의 극락은 가을이 깊숙이 들어앉는다

지금 슬픔을 자랑할 때

― 노란 망태

비가 내리는군요

나의 거처는 키 큰 대나무 밑동

새벽안개 짙게 깔려 움을 틔우기도 하지요

푸른 다리에 햇볕이 내리면

노란 치마는 부풀어 오릅니다

그해 여름이 지날 무렵

태풍 차바로 터 잃은 후

아우성은 멈추지 않는 슬픔이었지요

티끌 같은 존재를 보듬은 아득한 기억이

오랫동안 휘감은 안개가

치마폭에 노란 꽃을 피웁니다

싱싱한 허리와 깊고 푸른 바람에

열다 닫다 흔들릴 때,

약이 되기도 독이 되기도 하는

얼기설기 탱고를 춥니다

석양이 비치는 날 한 편의 시를 읽자던

강변의 서사는 괜찮아, 괜찮아

잔물결 같은 순한 목소리 들리는 듯합니다

슬픔이 자랑이 아닐 수 없는 날입니다
그대 안녕히, 지금은 슬픔조차도
자랑할 때입니다

연극배우

시월, 마지막 밤이었어
막이 오르고

청춘의 초상이 그려지기 시작했어
여군 장교가 되고 싶었던 나
점박이 푸른 옷을 입고 넓은 무대를 누볐어

사막을 걷다가 초원을 걸을 때
꿈을 감추지 못한 몽상가는
언제나 삶이 서툴렀어
보이지 않는 객석 반짝이는 눈을 향해
빛은 어둠 속 때를 놓친 독백이었어
시월이 가고

컴컴한 어둠은 비틀거리고
내 안에 자라고 있는 나의 이야기들
그를 대신해 살아왔어
그는 나에게 삶을 이야기하고 있어

무대는 가을 속으로 사라지고

삶의 무대에서 난 다시

배우가 되기로 했어

모나크 나비처럼

호랑 무늬 나비 한 마리
손바닥에 올랐다
기죽지 않는 날개로 살아야 하는데
바람에 푸득 거린다

검은건반 위에 앉은 그녀
손가락 다섯이 둘 되어 건반 위에 논다
한 번 오지게 피고 싶지만
웅크린 채 자리를 벗어날 수가 없다

오른쪽 날개가 기우뚱
바람에 푸득 인다
바람이 부는 대로 휘청이지만
모나코로 모로코로 푸른 죽지로 날고 싶은

아장아장 검은건반을 밟는다
흰건반이 리듬을 탄다
고개 숙인 고요의 시간

뒤뚱거리는 하루가 우울하다

피아노 앞에 앉은 번데기였다가
나비의 시간이 필요하다
그녀 손길이 키워 낸 은색 실크 무늬를
상처 난 푸른 날개에 심는다

날개가 건반 위에 춤춘다
바닥을 차오르며 징검다리 건너
음표는 활주로를 찾는다

모나크 나비처럼 무대로 선다

제3부

이제 다 울었어요?

슬픈 꽃이 눈부시게 피는 그곳은
하늘이 높고 찬 기운이 돈다

물방울이 아득한 날 얼음골 사과나무 가지에
오월의 흰 꽃은 눈물로 피어

해와 달이 지상으로 수억 초를 오르고
어디쯤에서 발갛게 익어가는 시간

백지를 메운 점들이 식도를 지나
나무 아래로 위장이 붉게 축 늘어져
가지마다 푸르게 차오르는 서사를 쏟아내고
장편을 막 탈고한 그녀에게

농장을 내려다보는 그분의 말씀이
이제 다 울었어요?
까마귀가 좋아하는 눈물이 왜 달콤할까요?

햇빛과 비와 태풍이 다녀간 허공에 사과는
용서를 받을 때까지 붉은 눈물을 훔치고 있다

늦가을 깊은 곳에서 무량의 감정이 솟구쳐
떨어질 것 같은 중력의 수치보다 큰
붉은 열매를 낳는다

버무리다

강둑을 노랗게 버무린 물
흔들리는 물 안, 피어나는 척과천 소국小菊

콧등을 찌르는 향기 은을암 전설이
가을 한 철 낙엽과 천지를 버무린다

자작나무 숲을 날아드는 여린 배추흰나비
쉼표 찍으며 버무린다

분홍 웃음을 띤 후드티 입은 여자가 속앓이로 칼날 같은
여름을 보낸 그 여자가
물이든 찻잔을 고집하는 그 여자가 가슴팍 그려진 금잔
화 꽃잎 따다
꽃물을 버무린다

내밀한 살과 향이 차오르는 볶고 덖고 버무려 제 살 움츠
린 꽃잎들
노랗게 핀 맑은 꽃, 유리 찻잔에 가시덤불 위에서도 잠이

든다는 마리골드가

　내 안 고요를 버무린다

　계절을 따라나선 우화의 골짜기 꽃茶

　아카시아 목련 구기자 비트 산수유 국화 마리골드

　우려낸 茶 골짜기에 쏟아진 별과

　지워지지 않는 노란 얼룩이 입안을 버무린다

관란觀瀾

호수에 떨어진 낙엽이 파문이다
나무로부터 결의 확장이다

물은 결을 만들고
나무의 안쪽이 결을 낳는다

결은 뒤집힌 산허리 뒤흔든다
묵직한 산허리 나이테를 키우는 중이다

결을 갖는다는 건 부드러운 뼈대를 가진다는 것

참새 떼가 떠난 벚나무 이파리 빛의 결에
붉은 감정이 깊은 곳 밀어낸 결이
수묵화다

점으로 보이는 청둥오리가 물을 가르고
어린 새끼를 따르는 결이
파문으로 번진다

누군가의 눈은 살아 있다

운흥사지 종탑

둥근 모자 쓴 회색 종탑이 물기를 머금고 있다
사라진 역사의 얼룩이 종탑 그림자에 숨었다

닥종이 풀어 외로운 숨소리 다져 넣어
밤새워 판각하는 고승
물소리 들으며 경판이 인쇄되고
새로 쌓은 벽 타고 인동초가 피고

낡은 단층에 시간의 무상함이 낙서처럼 새겨지고
유월 개망초는 바람이 부는 대로 탑돌이 한다

오디가 익어가는 시간
오랜 속울음 내려놓는 거무스름한 이끼의 말이
뽕나무 그늘에서 쉬고 있다

모네가 보이는 다리

다리 위를 걷는 당신 수련이 자라는 물가를 건너고 있네
키 세운 햇빛 다리 아래 푸르게 걷네
비스듬히 모네 다리가 보이는 수련 그림자는 비밀통로
지나가네

햇살이 국화밭에 머무네
여린 손가락 끝으로 수십만 개 젖꼭지가 일어나네
몽글몽글 바닥에 젖 물이 고이네
진흙이 어둠 끌어들여 꽃을 불러 모으네
노란 꽃봉오리 배냇짓에 내 입술이 뾰족해지네

새벽을 흔들고 떠난 태풍 마이삭
꺾인 미루나무 모가지가 꽃으로 피네
만개하는 소리 물가로 모이는
말랐던 젖이 도네

누군가 세운 깃털에 아픈 시간이 왔다 가네

그녀 손바닥은 주황

주황빛 겨울은 따뜻하다
노을 질 무렵 주황의 일대기는 남도의 물빛이
푸른 탱자로부터 유배의 땅을 덮는다
검은 씨앗이 강을 건너 바다로 대륙으로
근육질 같은 전설이
한 그루 주황에 걸린다

주홍 닮은 여자가 주황을 판다
목에 두른 눈부신 한때 있었지만
굴곡진 주황 만진다
주황 옆에 주황, 주황 위에 주황, 주황 아래 주황
탑처럼 쌓인 낡은 가게에서
주홍 볼 터치로
넓은 땀구멍을 메꾼 여자가
주황을 고른다

주황 나무가 줄수록 전설이 늘어나는
가슴에 품은 말씀이 튀어나와

불빛이 쓸쓸하고 맵다
거리에도 주황이 달리고 있다
붉은 속울음을 삼키는 주황

검은 비닐봉지에 꿈을 담는다
그녀의 손바닥은 주황
주황이 짙을수록 전설도 깊다

천마도를 보며

초원을 달리던 사내는 북방 종족의 후예다
다그닥 다그닥 준령을 넘던 말발굽 소리
말의 유전자는 강남스타일로 달린다
뒤뜰 논에서 본 도깨비불도 말발굽 소리로 뛴다
정수리에 뿔을 달고 단석산과 오봉산을 날아다니던 말
월성 주술 소리처럼 하늘을 휘감아 난다

다그닥 다그닥 말발굽 소리

어느 날 시간이 멈췄다

골목마다 말들이 콜록거리는 기침 소리
바리케이드는 길을 막고
국경과 국경 하늘이 차단된다
말발굽 소리가 들리지 않는다
세상이 왜 이러냐고 말머리 탈을 쓴 사람들
죽음에게 막춤을 추는
검은 눈썹들

그림자 왕릉에 서다

— 진평왕릉

왕릉 입구 젊은 혈기들
오후 네 시 라틴음악이 곡선을 울린다

왕조의 그림자 따라온 여기
남동으로 길어진 숨은 그림자는 햇살 아래 미끄러지고

흔들리는 물버들 이파리 비비는 소리
바람결에 낭산을 돌고 있다

어느 곳에서 덕만을 부르는
진평의 낮은 목소리가
왕릉 위에 나무 그림자로 선다

어스름 배웅 길 선도산 아래 오랜 곡선들
무리 지은 갈대 쓸쓸한 손짓이다

팔짱 낀 그가 고개 숙여 걷는다
그림자는 천천히 해넘이를 본다

그림자 왕릉에 서다

— 흥덕왕릉

빛과 그림자가 빼곡한 수묵 숲

햇살이 일어나자 그림자는 굽은 허리 바치는 푸른 소나무

숨어들던 으스스한 기억

햇살은 검은 새 발자국을 찍어 낸다

어둠이 뿌리로 사라지는 어제와

멈춘 듯한 시간이 뿌리에 얽히는 오늘이

그물 만든 햇살은 왕릉 주위를 덮는다

그림자 중심은 낮에 와 있다

누군가 애인을 찾으러 나선 여기

고봉밥 지키는 낯선 사내 뒤통수 보다가

왕릉 에워싼 십이지 간 호위무사들

숨겨둔 사랑은 말이 없다

한 쌍의 새조차 보이지 않은 부드러운 적막은

하늘과 땅 사이 둥글게 머물러

굳은 표정이 시간 위에 오래 서 있다

헛기침

긴 꼬리로 그녀가 나타났다

대구 다녀온 직후였다

묻지 말자고 헛기침이 나왔다

경계와 격리를 반복하자 기침은 새가슴이 되었다

허공을 걷는지 그녀는

보지도 듣지도 냄새도 촉감도 없는 세계

풀밭 풀도 누웠다

거리는 느닷없이 발자국이 없는 유령의 도시

동공이 흔들리는 봄

찬바람은 영동 할미 뼈마디를 쑤시는 듯 불어댔다

검은 구름이 새털구름을 덮어 화산섬 하나씩 안았다

숲을 걸었던 어제의 일 기억할 수 없다

시간이 멈춘 지금

자유란 뭘까

스멀스멀 국경을 넘은 난민처럼

붉은 뿔로 입을 닫았다

세계가 섬이 되었다

섬이 세계를 잡아먹었다

발뺌하는 봄

왕관을 포개 쓴 기생충은 봄이 온 줄 모르고,

우한 돌풍이 입으로 스멀스멀

심장으로 기생한다

매곡도서관 매화가 첫 봉오리 열 무렵

고요 속, 파란 뿔이 폭죽으로 폭발이다

우수 경칩 지나자

문은 자동으로 열린다

직선 도로를 타고 국경을 넘는다

모자를 깊게 쓰고 우환이 없을 거라며 발뺌하는 봄

불이 목을 태운다 가슴이 까맣게 탄다

각혈은 오한에서 시작이다

자동차가 멈추고

대화가 단절되고

발걸음 옮길 때마다

사람은 검은 가면을 쓰기 시작한다

사이토카인 폭풍이 일었다

모두 너 탓이라 한다

철퇴를 들고 서로를 불신하는 동안

꽃은 피고 이월이 가고
묵음은 골목길까지 돌풍이 분다
허공에 차디찬 살얼음이 피고
아직 봄은 오지 않는다

숨바꼭질

　생강나무꽃이 필 무렵 우한에서 손님이 왔다 집이 없는
그는 몰래 세 들어 사는 게 특기다 따뜻하고 포근한 곳은
싫다 어둡고 차갑고 표정 없는 집을 골라 붉고 눅눅한 목을
선물한다 햇살에 달아나 어디로 갈까 좌우로 살피다가

　그 후 사람의 입술을 본 적이 없다 비 온 후 며칠 더 흐린
날 문턱을 넘어 깊숙이 스며들다 사람과 사람 사이 입으로
가슴으로 폐로, 불이 타오르다 각혈한다 사람들은 검정 혹
은 흰색으로 불안을 틀어막았다 격리는 경계에 불과했다
햇볕도 바람도 믿지 못했다 구름은 자주 하늘을 가렸다 뿔
달린 그는 두려움 없이 망아지처럼 뛰어다니며 꼬리를 숨
겼다 경찰은 사이카를 몰고 찾아 나섰다 꼬리는 꼬리를 물
고 긴 꼬리를 달았다 꼬리들이 떼를 지어 31번 흉내로 꼬리
를 획획 저었다

　ㅡ 날 좀 잡아 보세요. 히죽거리는 눈동자를 찾아 이쑤시
개가 엘리베이터 버튼을 눌렀다
　ㅡ 어디 있니?

나는 천사들이 많아져야겠다고 생각했다 밤잠을 설친 노란 얼굴에 생강꽃은 바라지 않는다 사람들의 눈동자에 백태가 끼기 시작했다 아니라고 우기는 날개에도 환상통이 생겼다 아지랑이들 허공에 손을 저었다 어둠에 들려오는 꿈을 갉아먹기 시작했다 출입이 금지된 뿌리는 시들하다 봄꽃은 이미 상처를 입었다 그는 잔인하게도 봄을 밟고 지나갔다 정지된 숲들이 보인다

심충수

아지랑이가 피어오른다 틈과 틈 사이 세력을 키운다 누구도 볼 수 없는 여우꼬리를 달고 입을 가리고 눈을 마주친 심장은 가려움증에 피가 날 지경이다 심청수 같은 봄을 기다린다 광화문 광장에서 푸른 물대포를 맞은 백 씨의 울부짖음은 깊은 곳에서 올라온 설움 같은 것, 머리에서 발끝까지 굵은 소나기로 퍼부은 성난 감정이 어디로 흘렀는지 알 수 없는 오후, 가성의 말들이 날아다니는 허공중에 개성발 미사일은 물대포처럼 쏘아 올리는 그의 검은 눈동자를 고정시킬 한 사발 물이 필요하다 깊은 울림은 바람이 불어도 출렁이지 않는다 심장에 고인 물이 넘쳐흐르는 그의 노래는 심청수 같은 한이고 울림이다 노란 꽃은 봄을 사랑하지, 깊고 푸른 뿌리는 큰 물길을 찾아 나서고 있다

소금쟁이 합창

— 핑크 뮬리

길목을 물들인 붉은 숲을 보았어요 흔들리는 가는 다리
가 서로 부축이며 중심이 되는, 먼 곳에 그녀는 한 아름 꽃
이 되고 싶었어요 그녀를 찾은 건 여러 해가 지나서였어요
가을빛이 낮게 움직이는 날, 빛 가는 대로 마음 가는 대로
색깔도 물결 모양도 달랐어요 헝클어진 그의 머리는 혈색
좋은 분홍

너는 살아 있는 초원을 좋아했고 나는 과실나무를 좋아
했어요

물 위를 첨벙거리는 쥐꼬리새는 사각사각 수군대는 발목
가는 소금쟁이 합창처럼 들렸어요 늦여름 촘촘히 박힌 다
리가 바람결에 헝클어진 장밋빛 붉은 물결이 부딪히는 길
목을 물들었어요

솔 상황버섯

얼굴을 가린 이름 없는 마스크가 커다란 눈만 껌뻑이네요 내가 누구인지 나도 잘 몰라요 그런 상황이 아니었다고 말하고 싶지만 입술이 숨어버린 시대가 한때이길 바라지만 검은 마스크로 얼굴을 다 가릴 순 없어요 이름은 책임을 다 하는 것이지요

솔마루 길 나섰어요 지금은 먼 곳을 함께 가야 해요 소나무 그늘 지나 다리가 보이는 곳까지 내 안이 또한 아득하여 빠른 걸음을 걷다가 마스크를 날려버렸어요 매미 울음소리가 붉은 사이렌으로 들리는 이 상황을 지나야 합니다 어떻게든 스스로 힘을 길러야지요

지난 태풍에 버젓이 누워 버린 소나무 굵은 뿌리에 상황을 모르는 어린 버섯이 자라네요 끈적이며 달라붙는 붉은 스토커를 도려내 주세요 뒷집 할머니에게 들었어요 이 상황을 잘 풀기만 하면 솔나무에 핀 버섯이 혈관을 따라 가로와 세로 삼각 각을 만든다네요,

삼각관계에 놓인 난 합이 맞는 이름 있는 마스크를 찾아
야겠어요

모기향

소나무 분재 아래 콕콕 부리 찍는 참새는 어제 타다 남은 회색 라벤더 향을 맛보고 있다 비 내리기 전 눅눅해진 방안 흐릿한 불빛에 윙윙 고요를 깬 녀석을 뒤쫓다 남은,

졸린 눈이 그의 꽁무니를 쫓는다 어둠을 좋아하는 그는 구름 속에 제트 비행기처럼 멀어졌다 가까워진, 날카로운 촉수를 번뜩이며 우기고 있다 벽을 세차게 치자 손바닥이 벌겋게 얼굴을 붉힌다 넓은 호박잎을 좋아하는 그는 비밀스럽고 은밀하다 그에게 가는 길은 침묵하지 않으면 실패다

우리 비밀 화원을 만들래? 술래잡기를 하자 빙글빙글 돌다 타다 남은 재는 그대로 두고

천연 국화 향을 준비해야지 이거면 되겠니? 불이 꺼지자 온통 방안은 짙은 향 가득하다 백합 향 아로마 라벤더 부드럽게 스펀지에 스며든 향이 술 취한 행인처럼 그가 눕는다

감나무 아래 평상 있는 넓은 마당에 마른 들풀을 얹고 잎

푸른 쑥부쟁이를 켜켜이 쌓아 불을 지핀다 자욱한 연기에
동네 모기들은 화생방 사이렌에 자취를 감춘다

그날 밤 보름달은 찬란하게 빛났다

제4부

빛

문이 열린다
두루마기 입은 갓 쓴 그가 문을 연다
계단 아래 어둠에 깊이 웅크린 그녀가

문의 길이보다 길게 빛이 열린다
판테온 천정처럼
빛이 내린다

고개 숙인 눈동자가 반쯤 열리고
빛을 향해 누굴까 하는 사이
말없이 내려다보는 따뜻한 눈빛이 아버지다

죽음과 삶이 함께한다
어깨를 두드리는 오른손이 빛이다

새 발자국을 따라오신 것일까
힘든 시간을 견딘 그녀에게
어둠을 밝혀주는 빛

그가 웃는다 그녀도 웃는다
어둠에서 손을 잡고

빛을 향한 그림자는 길게 늘어져
꿈속을 벗어난다

통도사 자장 梅

봄비 타고 온 통도사 자장 매

붉은 저 꽃은 어디에서 오는가

등치에 희긋희긋 얼룩 분이 돋았는데

가지 끝에 꽃봉오리

올해도 알알이 품었다

우산 든 사람들 렌즈를 든 사람들

모여든 발걸음이 절정이다

꽃을 향해 손바닥 모은 아이

생애 가장 간절한 소망을 담는다

고사리 같은 소원이 투명하고 청초하다

가는 비 내리고

산안개가 내려온다

꽃잎 사이 희미하게 단청의 푸른빛 돌고

물기 먹은 꽃 새초롬해서 더 붉다

마스크를 낀 입가 보이지 않는

웃음이 조용히 붉게 핀다

파랑

경칩에 수직으로 매화가 화들짝 폈다
황사가 몰려오는 날
꽃이 졌렸다

설산의 빙벽을 오르고자 했던* 어느 시인의 고백
파랑 같은 1밀리의 절규

폭풍 없이
파도가 높지 않아도 경계 수준이다

꽃봉오리 벙글고 벌은 왕왕대며 꽃을 찾는 날
만나자던 그녀의 낡은 차가 기침을 하는

위태로운 봄이다

* 최정례 시인의 시 중 한 부분.

신기한 달력

― 도윤에게

신축년 산사에서 돌아오다 어린 옹알이 듣는다
새 달력 그림을 아이가 읽는다

일월 ― 목조소통 ― 꽃살문을 보아라
이월 ― 목제어피 인통및 동제인장 ― 보물상자를 열어라
삼월 ― 우운당 부도 사리구 ― 꽃향기가 흩날린다
사월 ― 목조해치고대 ― 망치로 가슴을 두드려라
오월 ― 은제도금아미타여래삼존상 ― 황금 모자를 찾아라
유월 ― 귀면문암막새 ― 왕자님을 구하라
칠월 ― 청동은입사향완 ― 마음의 소리를 들으라
팔월 ― 금동천문도 ― 아름다운 별들의 노랫소리가 들린다
구월 ― 대불정수능업경변상 목판-나의 기도문을 만들어라
시월 ― 목조시방삼보불패 ― 나무속 사람을 찾아라
십일월 ― 동제금강령 ― 나의 목소리를 들어라
십이월 ― 소조지장보살좌상 ― 돌 속에 사람을 구하라

붉은 여린 입술이 일 년을 한 장씩 넘기며
심장을 두드리는 다섯 살 맑고 투명한 찰나의 경구가

줄 이어 나온다

* 신축년 정월 초이틀 손녀 김도윤의 말을 받아 적음.

토끼와 아이

구석을 지키던 그림 쟁반이 나왔다

여섯 살 토끼 같은 아이가
그들이 사는 오래된 쟁반을 들고
자주 토끼와 놀았다

가느다란 손가락이 두 귀를 잡아 가슴에 품은 아이는
토끼를 좋아했다 토끼도 아이를 좋아했다

물을 컵에 담아 들며
토끼야 오늘은 내가 친구 해줄게

화분 사이 토끼풀이 많아
네가 좋아하는 네 잎 클로버를 찾아봐

저기 달빛 아래 수국이 우거진 곳에는 숨지 마
손을 뻗쳐도 귀가 잡히질 않아

바람이 불면 숨어도 돼

하얀 비와 검은 비가 바둑알처럼 올 거야

비를 맞으면 추워져 토끼야

작은 입술을 내밀어 봐

나의 붉은 립스틱을 발라 줄게

바닥을 뛰며 길을 만든다

신문 귀퉁이를 찢어 책을 만들어 보렴

책 표지는 토끼를 그려 넣을 거야

내가 너를 지켜줄게

쟁반을 들고 풀밭 부엌으로 간다

고개 넘은 소금

연화산* 고개를 해일이 이는 것처럼 넘었다
염포에서 언양까지
어깨에 멘 자루가 바쓰락 거렸다

커다란 바람이 불어 햇빛이 새겨 넣은 바다 결 꽃무늬

소금을 팔아야 밥이 되던 그해
굶주린 배에서 꼬르륵 소리가 났다
엄지손가락으로 굵은 소금을 입에 넣고
마른침 삼키며 배를 채웠다

비가 오면 가벼워지는 자루
강을 건널 수가 없었다
당신은 짜다고 했다
아홉 식구 밥이 소금밭에서 나온다고
당신을 밥줄이라
나는 생각했다

까만 소금밭에 구순 할아버지 소금이 하얗게 익는다

뜨겁지 않고 영그는 것이 얼마나 될까

날카로운 햇살과 뭉근 바람이 지나야 고봉밥이 된다
기쁜 일이나 쓸쓸할 때 가끔 눈물이 났다

그해 삼월 언양 장터에는 해일처럼 밀려온 함성이
거리마다 하얗게 부서졌다

* 울산 반구대 암각화 뒷산.

너머 벽

당신은 벽이라 부르고
나는 너머라고 했다

마른 지푸라기가 물에 젖기를 바라는 동안
벽에 붙은 받침을 떼자
벼가 자란다

직각 위 물길은 푸른 이파리를 모르는 척
둥글게 낭떠러지로 나간다 너머
개미 떼도 모래 벽을 넘는다

딱딱한 공원 의자에 서로 등을 댔던
당신과 나의 거리는 얼마나 될까

모퉁이 사각에 대해 차마 나누지 못한 이야기
발길 멈추기를 바라는, 당신의 어긋남이
푸른 이빨을 드러낸다

굳은 은유를 생각하는 사이
비릿한 햇살이 등을 넘고 있다

당신은 떠났으나 떠나지 않은 내밀했던
시간이 벽에 기대고 있다

서책을 펴다

맨발로 어디로 갈 것인가
출발선에서 바람의 방향을 묻는다

길은 서책이다
서책을 펴고 우리 같이 걸을까

미지의 그리운 출발은 새벽안개였나
여름 안개가 새벽을 걷어낸다

구불구불 드러나는 거친 호흡은 길을 오르다 내리다
금방이라도 풍덩 빠지고 싶은 기억의 늪

메마른 붉은 흙이 품어내는 사막의 열기가
닭 볏으로 오르다가 아카펠라고는
에게해의 푸른 물결에
스며들듯 내리고

안개 낀 바닷가 검은 몽돌에 앉아

보랏빛 잔물결이 주황으로 떠오르는 동틈이
삐걱거리며 파도치는 삼각의 시간을
푸른 에게해에 던지고

한 방향으로 시선을 돌린다

내 안의 상처 난 것들
용기와 땀을 받아 줄 길은 멀고도 가깝다

길고도 짧은 서사가 숨어 있는 두터운
나의 서책을 한 장 넘긴다

아련히 아테네 전설이 벅찬 회오리로 다가왔다

마법의 콩

토끼가 말했어요

여러분
오늘 요리를 시작할까요?

프라이팬 나뭇결을 달궈서 콩을 볶을 거예요

자 따라 해 보세요

마법의 지팡이로 드르륵드르륵
한 방향으로 저을 거예요

콩순이를 초대해야겠어요
내일이
콩순이 생일이거든요

노랑 속살이 얼마나 달콤한지 아세요?
요술봉으로 빙빙 돌려서

할머니 잠깐만 기다리세요

어때요 신기하죠?

노란 속살이 보이면 요술봉으로 다시 섞어줘야 해요

그러면

머리에서 별이 쏟아진다고 했어요

자 할머니 마법의 콩 드세요

새들의 무덤

유리 벽 아래 새들의 무덤이다

하늘도 구름도 나무도 들여다보이는
두터운 창을 넘다 머리를 들이박는 눈먼 새들

창공을 날던 비둘기가 툭 떨어진다
붉은 눈동자 피를 흘리며 땅바닥에 발버둥 친다

지나가던 고양이가 들여다본다
호시탐탐 눈알을 굴린다

하늘은 온통 거미줄처럼 새들의 길로 이루어졌는데

유리 벽 아래 이유 없는 삶과 죽음
누워 있는 검은 점. 점. 점.

잠자리로 돌아가던 길
숲을 찾아가는 길은 아니었을까

저 높은 빌딩 유리창이

혹은 23번 국도 유리 벽이

하늘 늪을 새들의 시선으로 날아 볼까요

유리창에 찢어진 깃털 하나가 바람에 흩날린다

반구대 암각화

나의 뿌리는 바다에서 왔다
가는 길을 묻고 또 물으며
골짜기 산모퉁이 돌아
백학이 놀던 반구대 바위로 숨어들었다

햇살이 사선으로 휘어진 바위틈에
창살을 꽂아 멧돼지와 사슴이 농사를 짓는
바닷물 따라 고래가 넘쳐흐르던
사람들은 배를 타고 흥을 돋우며
심장을 파듯 바위 글자를 새겼다

바위 글자는 물속을 헤매다가
바람의 말을 전설처럼 전하다가
숲으로 산 지 수천 년
민낯으로 세상을 나온 지 수십 년

시간은 단단해지고 자화상은 얇아졌다
물이 필요하다 혹은

물로 나의 몸이 해체된다

사람들이 물과 다툼을 벌이는 사이

온몸이 콜록거린다

다시 찾은 나의 뿌리는

뿌리는 살아 있다는

슬픈 고백을 안은 음각의 세계

틈

먼지 가득한 마루 터 잡은 개미들
붉은 벽 오르내리며 텅 빈 집을 부풀리고 있다

웃음과 울음 사이 먹물 같은 시간이 틈을 채우는
뜸한 발길 빛과 그림자 되어 집안 내력을 햇살이 비추고
있는

틈은 가깝고도 먼 사이 과거와 미래를 잇는

햇빛과 골바람이 드나드는 담장과 담장 사이 목련은 꽃
을 피운다
생각을 비우는 길이 나 있고, 생각이 생각을 이어주는
보이지 않는 실금으로 이어지고

깊어진 시간을 뒤돌아보는
다시 제자리로 돌아가는

마당에 햇빛이 날카롭다 방향도 없이 개미들이 사라졌다

발부리 급소에 자란 민들레 틈이라 말할까

기침 보존법칙

붓 눌러 기침을 쓴다 방세를 팡세로 읽는 어느 시인의 시가 기침을 한다 잊고 있던 기침이 입안에서 기침을 한다 붓이 기침을 한다 삼일 눌러 쓴 손끝이 기침을 한다 숨은 기침이 그림이다 그림이 기침이기를 포기한다 반항하던 기침이 알 수 없는 글자가 된다 기침도 때가 있다 누가 기침 소리를 내시는가 아이스크림을 먹으며 멀리 벽화에서 기침 소리 들린다 기침 소리에 지팡이, 가방이 달아나고 입 밖으로 틀니가 달아나 건물이 기우뚱하다니 그녀의 안부가 기침으로 수십 년 만에 들린다 사투리가 다시 삐악삐악 기침한다 기침 같은 알갱이가 세상이 왜 이러냐고 기침한다 떡볶이가 왜 이리 맵냐고 기침하는 사춘기 아들처럼 아련히 향수가 되어 돌아온 묵은 기침이 화선지 위에 뱅뱅 돈다 굵은 붓이 자유롭게 기침하며 뛰어논다

희망이라는 파르마콘,
그 슬픔의 알을 깨우는 시詩

김효은

(시인, 문학평론가)

1. 프롤로그 : 희망이라는 파르마콘

포유류의 유아기는 대체로 자생력이 없다. 그러나 그들은
연약한 만큼이나 작고 부드럽고 귀엽다. 그리하여 사람들은
이 귀여움과 연약함이야말로 이들의 생존을 위한 도구적 가치
일 수도 있다고 말하기도 한다. 갓 태어난 새끼 고양이와 엄마
젖을 파고드는 눈도 못 뜬 사람의 아기, 꼬물거리는 그 작은
생명의 움직임들, 아직은 시력과 청력조차 갖추지 못한 이 무

방비 상태, 미성숙 상태의 그들을 누군가는 먹이고 재우고 돌봐야 한다. 그들에게 천적은 미성숙한 그들 자신이므로. 그러나 곤충류의 유충은 어떠한가. 알에서 갓 깨어난 애벌레에게 부모나 보모는 없다. 줄탁동시 또한 불가능하다. 유충은 스스로 알을 깨고 나와 그 껍질을 먹고, 천적으로부터 스스로 몸을 보호해야 하는 동시에 눈앞의 세계를 먹어대는 수밖에 없다. 성장을 위해 먹고, 배설하고 나아간다. 단지 펼쳐진 시간 속으로. 안전하고도 완전하게 번데기가 되는 일은 유충의 완벽한 목적지이자 도달점인 것이다. 그들은 그들이 나비가 되어 푸른 하늘을 날게 될 것이라는, 혹은 매미가 되어 한철 강렬하게 노래하게 될 미래를 알지 못한다. 넓고 높은 시공의 존재, 날개의 존재를 알지도 못한 채 매 순간 꿈틀거리며 눈앞의 잎사귀를 갉아댈 뿐이다. 게다가 유충의 모습은 다소 징그럽기까지 하다. 호랑나비의 유충, 꼬리명주나비의 유충, 네발나비의 유충, 그것들은 마치 송충이의 모습을 하고 있는데, 온몸에 솜털이나 가시가 삐쭉 돋아나 있고, 머리 부분에는 뿔 모양의 더듬이가 돌기처럼 솟아 있으며 겹겹의 주름이 몸 전체를 마디마디 뒤덮고 있다. 게다가 지네처럼 여러 개의 발과 가시가 몸통 전체에 달려 있는 상태에서의, 움직임 또한 그 특유의 스멀거림과 꿈틀거림으로 인해 보는 이들을 흉측하고 불쾌하게 만든다. 커다란 주둥이는 자못 포악한 짐승의 이빨처럼 사납고 게걸스러워 보이기도 한다. 그러나 이토록 징그러운 애벌레의 시간이 없다면, 나비의 시간 역시도 불가능한 것이다.

　인간에게도 이러한 미성숙한 시간들이 분명 존재한다. 어쩌면 누군가에게는 끔찍한 자기혐오의 시간일 수도 있다. 불완전성과 미성숙함으로 뒤덮인, 슬픔과 열등감, 열패감과 추함, 치욕과 수치만이 솜털과 가시, 다리처럼 온몸에 잔뜩 돋아나 깊이 웅크리는 시간들. 아무리 기지개를 켜고 몸을 펴도, 좀처럼 활강하거나 질주할 수도 없고, 바닥을 기어 다녀야만 하는 그 슬픔과 연민과 혐오로 뒤덮인 천형의 어둠의 시간. 어쩌면 지하 어두운 곳에서 7년을 살아야 하는 매미의 유충보다도 더 오랜 시간을 버텨야 하는 사람의 시간들. 그러나 그 시간들이 잔혹한 독의 시간이자, 보호와 성장을 위한 자생의 시간일 수도 있음을. 혹은 잉태와 인고를 거쳐 지나가야만 하는 알과 유충과 번데기의 필연의 시간인 것을 그러나 그때는 미처 알지 못한다. 미래를 볼 수 없음, 이것은 지극한 비의성이자 지극한 희망일지 모른다. 그럼에도 불구하고 그 비의성은 동시에 생의 아름다운 무늬로 지문처럼 양 날개 위에 희망처럼 아로새겨진다.

　2. 향기와 색채와 문양을 새기는 시간

　한영채 시인의 작품들은 하나같이 독특하지만 안정적인 깊이와 문양들을 지닌다. 작품마다 고유의 무늬들이 정교하고도

111

노련하게 새겨져 있다. 그녀의 시들은 유충과 번데기의 시간을 지나 이제 완숙의 상태에 다다랐다고 말해도 과언이 아니다. 작품 하나 하나가 저마다의 빛깔과 문양을 지니고서 나비의 날갯짓으로 안정감 있게 펄럭인다. 아름다운 나비들을 품고 있는 작품들은 이를 읽는 독자들에게로 날아오른다. 그녀의 나비들을, 문양과 태를 뒤쫓는 여정은 즐겁고도 아련하다. 지난했을 알과 유충, 번데기의 시간을 지나 이제는 다채로운 문양들을 뿜내며 날아오르는 나비들의 비행을 따라가 보자. 우선, 이번 시집의 표제작이기도 한 「모나크 나비처럼」이라는 작품을 먼저 살펴보도록 하자. 이 시에서 표상되는 "모나크 나비"는 텍스트 자체에 대한 은유가 되기도 하지만, 시인, 예술가의 영혼이나 현신現身을 표상하는 메타포가 되기도 한다. "그녀 손길이 키워 낸 은색 실크 무늬"의 부드러운 결과 섬세한 문양을 조심스레 더듬어 보기로 한다.

검은건반 위에 앉은 그녀
손가락 다섯이 둘 되어 건반 위에 논다
한 번 오지게 피고 싶지만
웅크린 채 자리를 벗어날 수가 없다

오른쪽 날개가 기우뚱
바람에 푸득 인다

바람이 부는 대로 휘청이지만

모나코로 모로코로 푸른 죽지로 날고 싶은

아장아장 검은건반을 밟는다

흰건반이 리듬을 탄다

고개 숙인 고요의 시간

뒤뚱거리는 하루가 우울하다

피아노 앞에 앉은 번데기였다가

나비의 시간이 필요하다

그녀 손길이 키워 낸 은색 실크 무늬를

상처 난 푸른 날개에 심는다

날개가 건반 위에 춤춘다

바닥을 차오르며 징검다리 건너

음표는 활주로를 찾는다

모나크 나비처럼 무대로 선다

―「모나크 나비처럼」 부분

"검은건반 위에 앉은 그녀"에 관한 도입부의 묘사는 "피아노 앞에 앉은 번데기"에 이어 "호랑 무늬 나비 한 마리"의 움직임으로 이내 전치된다. 이 작품에서는 이미지의 묘사가 중첩되어 있으며, 시인은 이행의 시간들을 포착하여 섬세하게 묘사한다. 나비의 날갯짓에 해당하는 그녀의 손놀림이 이 시의 초반부에서는 다소 불안정하게 묘사된다. 예컨대, "바람에 푸득거린다", "웅크린 채 자리를 벗어날 수 없"는 데다가, 나비의 "오른쪽 날개가 기우뚱"거리는가 하면, "바람이 부는 대로 휘청"거리기까지 하는 등 상황 자체가 매우 위태롭게 묘사되고 있다. 바람에 이리저리 불안하게 흔들리는 나비의 모습은 이처럼 나약하고 불안정하며, 미성숙하게 줄곧 묘사, 진술되고 있는 것이다. "아장아장 검은건반을 밟는" "그녀"의 손길은 언제 넘어질지 모르는 이제 막 걸음마를 배운 아기의 몸짓처럼 "기우뚱"하고 마냥 불안하다. 나비를 바라보는 시적 주체, 화자의 시선 또한 그러한 상황을 내심 걱정과 동시에 불안해하지만, 카메라의 앵글처럼 연신 나비의 뒤를 놓치지 않고 따라잡는 데에도 여념이 없다. 봄날, 유채꽃밭에서 배추흰나비를 쫓아가는 아이의 시선과 몸짓처럼, 시인은 나비의 뒤를 쫓는다. 그러나 하필 "오른쪽 날개가 기우뚱"한 나비, 곧 쓰러질 것 같은 그녀의 뒤를 쫓는 것인데, 시인의 마음은 다친 날개가 추락이라도 할까 연신 불안하고도 조심스럽다. 시인은 나비의 마음, 불안한 시선을 포기하거나 단념하지 아니하고 끝까지 뒤쫓아 가며 읽어낸다. 나비의 마음 즉 그녀의 의지는 곧 시인의 마음과 의지이기도 하다. "바람이 부는 대로 휘청이지만",

"모나코로 모로코로 푸른 죽지로 날고 싶은" 나비의 바람과 생에 관한 의지와 열망은, 시인의 그것이기도 하기 때문에 이대로 포기할 수 없는 것이다. 백지 앞에 앉은 한 시인이 있고, 피아노 앞에 앉은 한 여인이 있다. 그녀들은 이제 겨우 "아장아장 검은건반을 밟는" 정도의 미숙한 연주와 습작을 할 줄밖에는 모른다. 생각처럼 움직이지 않는 손가락, 잔뜩 기울어진 어깨와 세상의 시선에 대한 염려와 열패감에 사로잡힌 그녀는 그럼에도 불구하고 "고개 숙인 고요의 시간"을 묵묵히 견디며, 습작의 인고를 견뎌 낸다. 매일의 "뒤뚱거리는 하루가 우울하"기만 해도, 그녀는 어떠한 상황 속에서도, 어떠한 패배와 굴욕 속에서도 피아노 옆을, 백지 옆을, 시의 옆을 떠나지 않는다. "피아노 앞에 앉은 번데기"로 묘사된 그녀는 또 다른 "나비의 시간"을 잉태하기 위해 웅크리고 인내하면서 시를 쓰고, 곡을 연주한다. 미래를 품고 현재를 살아 내는 이들. 시인은 "그녀 손길이 키워낸 은색 실크 무늬"가 오롯하게 "상처 난 푸른 날개에 심"겨진다고 말한다. 과거는 미래에 무늬로 이식된다. 그리하여 그 "날개가 건반 위에 춤"추면서 "바닥을 차오르며 징검다리 건너", 저 멀리 "활주로를 찾"아 도약해 날아오르는 상상이 펼쳐진다. 상상인 동시에 현실이 되는, 연기이면서 동시에 삶이 되는, 무대이면서 생의 한복판이 되는 시공 속에 단단하고도 당당하게 선 그녀, 한쪽 날개에 깊은 상처를 입은, 그러나 상처의 무늬를 날개에 아름답게 새기고 이제는 자유롭게 활강하는 푸른 나비 한 마리를, 시인은 응시한다. 비행을 바라본다. 한 생애를 과거와 미래를 동시에 응원하며 쓴다. 휘청거리거나 "푸득 거리"거나 "기우뚱" 거리거나 "뒤뚱거리"며 자주 주저앉아 웅크리던 그 모든 암흑의 시기, "아장아장" 겨우 첫걸음을 떼던 유년의 시기를 지나 이제는 "모나크 나비처럼 무대로 선", "활주로를 찾아" 당당하게 선, 그녀와 그녀들. 어쩌면 이 모든 서사의 주인공은 시인 자신의 것이 될 수도 있고 이 텍스트를 읽으면서 공감하는 독자들일 수도 있으며, 살면서 실패를 경험한 모두의 것일 수도 있다. 희망이라는 독에 대해 생각한다. 희망이라는 파르마콘에는 해독제와 독이 동시에 들어 있다. 그 잔혹하고도 독한 독을 품고 (고)독을 견디며, 알의 시간, 애벌레의 시간, 번데기의 시간을 견디는 자만이, 결국엔 푸른 하늘로, 꿈꾸던 "모나코로 모로코로" 날아갈 수 있을 것이다. 각자가 품어낸 삶의 비의성悲意性은 그 자신만의 고유한 무늬로 날개에 한 땀 한 땀 수놓아지듯 아로새겨진다. 상처의 난입이 많을수록, 어쩌면 그 문양은 화려해지고 광채와 색감은 짙어질 것이니, 이 깊은 아름다움에 탄복하는 사람들은 그 상처의 속 문양까지 읽어내는 사람들이다. 고통의 연주를 견디며 리허설 아닌 리허설에 매 순간 최선을 다해 감내해내야 하는 삶이 우리 앞에 때로는, 짙은 백야처럼 놓여 있다.

3. 희망의 알을 낳는 절망의 성체들, 잉크를 품은 나비들

알과 유충, 번데기의 시간들, 어두운 터널의 시간을 지나 이제 그녀는 나비의 시간에 이른다. 희망이라는 독을 품고 견디면서 나아가야 하는 이 망망한 시간들은 때로는 "백야의 시간"으로 펼쳐지기도 한다. 터널을 뚫고 나왔으므로 분명 밝은 빛의 시간들인데, 여전히 밤이라면 또 다시 아침을 기다려야 한다. 「백야의 시간」은 시인 자신의 시 쓰기에 대한 자의식을 보여주는 작품이다. 지나치게 밝은 빛 연속되는 세상에서 오히려 시인은 길을 잃어버렸다고 고백한다. 시인에게 백야의 시간은 다름 아닌 백지의 시간이기도 한 것. 그보다 두려운 일이 있을 수 없다.

터널을 지나온 후 밤이 사라진다 나의 몸이 기울어진 후이다 긴긴 시간이 낮을 달린다 사라지지 않는 별을 보며 삼단 커튼을 닫는다 눈을 뜨고 잠을 청했으나 눈썹엔 서릿발이 내린다 눈이 부시다 밤이 깊었으나 전등이 필요치 않다 개미들은 영문도 모르고 집안을 맴돌았다 눈 깜빡할 사이 감청색 오로라가 휩쓸고 지난 뒤였다 뿌옇게 백야는 할 말을 잊었다 내가 걸어온 길을 잃어버렸다 다시 뒤돌아 황량한 풍경을 남긴 발자국을 보며 마지막 여행자가 되고 싶었다 손잡이는 필요치 않았다 방금 스쳐 간 자리에 적막은 또 스쳐 지난다 꿈을 꾸듯 어떤 기억을 찾아가는 동안 풍경의 안쪽은 망각 속에서 자랐다 이대로 북쪽으로 북쪽으로 눈을 감고 종소리를 따라 들판을 걷는 시간이다 푸른 호숫가에서 낯선 목소리가 들린다 묵직하게 펜을 들었다 백지에 다시 점을 찍기 시작한다 지지 않는 태양 너머로 다시 여행을 떠난다

—「백야의 시간」 전문

지나온 항해와 긴 여정을 시인은 터널에 비유한다. "감청색 오로라가 휩쓸고 지난 뒤", 여행의 종착지에서 그는 무언가를 남기거나 기록해야 할 강박에 사로잡힌다. 시인은 이제 백지의 시간을 지울 검은 잉크의 시간을 기다린다. 때로는 고독하고 힘겨웠지만 그 의미와 여운을 되새기며 "묵직하게 펜을 들"어보지만 쉽지 않은 일이다. 긴긴 "터널을 지나온 후" 다시 긴 긴 시간 이어지는 이토록 환한 백야의 공포, 백지의 공포는 "마지막 여행자가 되고 싶었"던 시인의 바람을 무산시키고 그를 다시 길 위에 서게 한다. 결국 시인의 여정에 종착지는 없는 셈이다. 백야의 길, 백지의 길, "손잡이는 필요치 않"은 투명한 문을 열고, "묵직하게 펜을 들"고서 "백지에 다시 점을 찍기" 위해 "지지 않는 태양 너머로 다시 여행을 떠"나야 하는 끝이 없는 시작의 시작만이 그와 함께 한다. "눈을 감고 종소리를 따라 들판을 걷는 시간", 익숙하면서도 "낯선 목소리"를 따라 떠나는 길, 그 길은 오롯이 "나"에게로 나 있는 길이다. "기

억을 찾아가는", "망각"의 길, 아이러니로 가득한 이 모호한 길 위에서, 시인은 "감청색 오로라"보다도 강렬한 오로라를 만나게 된다. 그리고 그 신묘하고 아름다운 빛을 흰 종이 위에 검은 잉크로 받아 적는다.

한편 시인의 시선은 한 개인의 자의식이나 작가로서의 내면이 아닌, '지금 여기', 사회를 향해서도 열려 있다. 「숨바꼭질」이라는 작품은 코로나19로 일상이 마비된 오늘의 세태와 풍경을 건조하지만 절묘하게 시화詩話한다. "손님이 왔다"로 시작되는 이 텍스트에서 "손님"은 코로나 바이러스, 감염병의 시대를 의미한다. 불청객이 아닐 수 없는, 그러나 어디까지나 "손님"이라는 지칭은 언젠가는 떠나보낼 수 있다는, 떠나보내야 한다는 당위적, 암묵적 희망을 동시에 상징하는 것이리라.

생강나무꽃이 필 무렵 우한에서 손님이 왔다 …(중략)… 그 후 사람의 입술을 본 적이 없다 비 온 후 며칠 더 흐린 날 문턱을 넘어 깊숙이 스며들다 사람과 사람 사이 입으로 가슴으로 폐로, 불이 타오르다 각혈한다 사람들은 검정 혹은 흰색으로 불안을 틀어막았다 격리는 경계에 불과했다 햇볕도 바람도 믿지 못했다 구름은 자주 하늘을 가렸다 뿔 달린 그는 두려움 없이 망아지처럼 뛰어다니며 꼬리를 숨겼다 경찰은 사이카를 몰고 찾아 나섰다 꼬리는 꼬리를 물고 긴 꼬리를 달았다 꼬리들이 떼를 지어 31번 흉내로 꼬리를 획획 저었다 …(중략)… 아

니라고 우기는 날개에도 환상통이 생겼다 아지랑이들 허공에
손을 저었다 어둠에 들려오는 꿈을 갉아먹기 시작했다 출입이
금지된 뿌리는 시들하다 봄꽃은 이미 상처를 입었다 그는 잔
인하게도 봄을 밟고 지나갔다 정지된 숲들이 보인다

— 「숨바꼭질」 부분

"생강나무꽃이 필 무렵 우한에서 손님이 왔다"로 시작되는
이 텍스트는 "우한"이라는 지시어 때문에 독자들로 하여금 "손
님"의 정체를 쉽게 짐작할 수 있게 한다. 어쩌면 굳이 "우한"이
라는 고유명사가 명시되지 않았더라도, 충분히 독자들은 코비
드19 감염병의 시대에 관한 텍스트라는 것을 유추해 낼 수 있
을 것이다. 그런데 왜 시인은 굳이 구체적인 "우한"이라는 지
명으로부터 시의 첫 행을 이끌어 낸 것일까. "우한"이라는 기
표는 우환憂患으로 대체되어 읽히기도 한다. 이 질병의 근원
지를 적시함으로써 시인은 어쨌거나 이 모든 일상의 우환들을
다시 되돌려보내고 싶은 욕망과 바람을 투사한 것이 아니었을
까. "손님"으로 지칭된 코로나로 인한 바뀐 일상의 세태들, 풍
경들, 두려움과 불안, 망상, 질병 자체보다, 그 질병에 관한 근
심과 의심과 의혹들이 자아내는 온갖 병폐들, 상상들, 마비들
에 이르기까지, 정체 없이 확산되는 의심의 "꼬리들"은 마치
"숨바꼭질"하듯이 여기저기 도처到處에 숨어들어 사람들을 잠
식한다. 하여 "봄꽃은 이미 상처를 입었다 그는 잔인하게도 봄

을 밟고 지나갔다 정지된 숲들이 보인다"로 일갈一喝되는 시
인의 마지막 진술은 이제는 복구될 수 없을 만큼 "갉아먹"혀버
린 봄의 상실과 훼손을 비극적으로 드러낸다. 코로나19로 인
해 황폐해진 도시의 풍경은 다음의 시편들에서도 이어진다.

> 자동차가 멈추고
>
> 대화가 단절되고
>
> 발걸음 옮길 때마다
>
> 사람은 검은 가면을 쓰기 시작한다
>
> 사이토카인 폭풍이 일었다
>
> —「발뺌하는 봄」 부분

> 거리는 느닷없이 발자국이 없는 유령의 도시
>
> 동공이 흔들리는 봄
>
> 찬바람은 영동 할미 뼈마디를 쑤시는 듯 불어댔다
>
> 검은 구름이 새털구름을 덮어 화산섬 하나씩 안았다
>
> 숲을 걸었던 어제의 일 기억할 수 없다
>
> 시간이 멈춘 지금
>
> 자유란 뭘까
>
> 스멀스멀 국경을 넘은 난민처럼
>
> 붉은 뿔로 입을 닫았다

세계가 섬이 되었다

섬이 세계를 잡아먹었다

　　　　　　　　　　　　　　　　　　　　　　—「헛기침」부분

　마스크 없이 사람들을 만나 웃고 떠들고 음식을 나눠 먹으며, 함께 다정하게 손을 잡고 "숲을 걸었던 어제의 일"조차 이제는 언제였는지 "기억할 수 없"을 정도의 생경한 일이 되어버렸다. "검은 가면을 쓰기 시작한" 사람들, 거리에는 사람도 차도 현격하게 줄었고, 마치 시간이 멈춘 듯 황량해졌다. 대학가도 관광지도 폐허처럼 돌변했다. 시인의 말마따나 세계는 이제 어디라도 고립된 "섬이 되"어 버렸다. 세계뿐만 아니라, 사람들 개개인들 전부 고립된 섬이 되어 버린 지 오래이다. 가벼운 "헛기침"이나 재채기에도 사람들은 흠칫 놀라며 서로를 견제하고 의심하며 피하기에 급급해한다. "스멀스멀 국경을 넘은 난민"이라도 되는 양 서로의 눈치를 살피며 "붉은 뿔로 입을 닫"은 채로 겨우 이어지는 소통이 단절된 상호격리의 삶. "동공이 흔들리는 봄", "발자국이 없는 유령의 도시"는 언제까지 계속될 것인지 지금으로선 알 수 없다. 그러나, 그럼에도 불구하고 시인들은 원래 절망과 비극, 어떠한 극한 속에서도 희망의 씨앗을 심는 자들이다. 한영채 시인 역시 희망의 역설을 포기하지 않고 "말의 무덤", "시의 결"(「시인의 말」) 속에 꿋꿋하게 그것들을 심어 놓는다. 희망의 씨앗인 동시에 나비의

시간을 품은, 곧 유충이 되고 치어가 되어 움틀거리며 깨어날
새 생명이 깃든 알. 그리하여 희망의 파종과 번식은 계속된다.

하늘 속 치어들, 헛바닥 내밀어 솟아오르고

…(중략)…

하늘 향해 오물거리며 입술 벙글고 있다

그대 멀리 떠나기 전, 소식이 툭 떨어지기 전

그물 쳐 봄을 낚는다
저 흰 꽃숭어리 봄 바다 치어들

—「목련」 부분

겨울 지난 씨앗들이 아몬드 나무처럼 자라
연노랑으로 일어나는 중이다

사월 중심에 선 나는,
자화상을 생각하는 사이
물방울이 별처럼 튄다
작은 바윗돌에 앉은 어린 자라가 햇볕을 쬐는데

바람이 불 때마다 노랑노랑 흔들린다

2층 카페테라스를 지나는 물병아리들

　　　　　　　　　　　　—「고흐가 왔다」 부분

"사월"도 "고흐"도 "노랑노랑"한 이미지들도 언제부터인가 부정성과 비극성의 상징이 되어버렸다. 특히 2016년 이후의 봄과 4월과 노랑은 그 이전의 봄, 그 이전의 4월, 그 이전의 노랑과는 완전히 다른 절망과 암흑을 품은 상징 아닌 상장喪章으로 전도顚倒되어 버린 것이다. 그러나 시인은 어둠 속에서도 극한의 절망 속에서도, 혹은 지는 목련꽃 무덤 아래서도, "하늘 속 치어들, 혓바닥 내밀어 솟아오르"는 그 생명 발아의 순간들을 놓치지 않는다. 지는 꽃은 낙하하지만, 피는 꽃봉오리는 하늘을 향해 핀다. 봄의 목련, 그 치열한 피어남은 치어들을 하늘에 풀어놓는다. "하늘 향해 오물거리며 입술 벙글" 벌리고 토해내는 "봄 바다 치어들"(「목련」)은 희망의 메타포이다. 이는 「고흐가 왔다」라는 작품에서도 이어진다. 고흐의 잔혹한 "노랑", 죽음과 비극의 "노랑", 두 귀를 잘라버린 우울한 "자화상"의 "노랑"이 아닌, "별처럼 튀는" 투명한 "물방울"들, "해바라기 없어도 해바라기 가득한" 봄날의 환한 생명력을 시인은 지속해서 응시하고 노래한다. "작은 바윗돌에 앉은 어린 자라가 햇볕을 쬐"고 "바람이 불 때마다 노랑노랑" 지나가는 "물병아리들", 아릿한 생명들은 무덤에서도 말라붙은 대지를 뚫고 나와 싹을 틔우고 그렇게 "겨울 지난 씨앗들이 아몬드 나무처럼 자라"나 "연노랑으로 일어나는" 모습들과 장면들, 그 장엄하고도 고귀한 순간들을 시인은 한 순간도 놓치지 않고 섬세하고도 탁월하게 그려낸다.

4. 에필로그 : "너머 벽", 기다림과 찾아 나섬의 동시성이 갖는 힘에 관하여

> 당신은 벽이라 부르고
> 나는 너머라고 했다
>
> …(중략)…
>
> 굳은 은유를 생각하는 사이
> 비릿한 햇살이 등을 넘고 있다
>
> 당신이 떠났으나 떠나지 않은 내밀했던
> 시간이 벽에 기대고 있다
>
> —「너머 벽」 부분

삶 속에는 "벽"의 시간이 있고, "너머"의 시간이 존재한다. 이 둘은 따로일 수도 있고 동시에 존재할 수도 있다. "당신"을

포함한 사람들이 전부 "벽이라 부르고" 캄캄하고 단단한 "벽"의 둘레 앞에서 가로막혀 좌절하거나 멈추었을 때에도 "벽"을 "너머"라고 부르는 사람이 있다. 타자 역시 벽으로 다가오기도 한다. 얼굴과 등을 돌린 타자는 더욱 거대한 벽이다. 그러나 시인은 벽의 능선을 넘어가는 "비릿한 햇살" 한 줌을 응시한다. 어둠을 넘어가는 빛의 시간이 등을 비춘다. 어쩌면 모두가 넘어야 할 시간의 벽, 매 순간이 이별의 순간일지 모른다. 기다림과 찾아 나섬, 이 둘의 동시성의 시간을 생각한다. 그리고 다시, 알과 유충의 시간을 떠올린다. 글을 쓰고 글을 낳기 위해서 작가 역시 매 순간, 이 암울한 시간들을, 이별의 순간들을 견뎌야 한다. 유충이 먹이를 먹어대고 번데기가 되어 인고의 시간을 견디듯이, 시인 역시 천형처럼 공백의 시간 그러나 공백이 아닌, 그 시간 속에서 갇혀 고독하게 무르익어야 한다. 대개는 그 번데기의 형질이라는 것이 슬픔과 외로움, 그리움과 고통으로 가득 차 있기 때문에, 날개를 배양하는 일이 쉽지만은 않다. 시인의 날개와 원동력은 금방 소진되기에 다시 또 알과 유충, 번데기와 탈피의 순환을 수회 반복해야 한다. 시시포스의 형벌처럼 반복되는 순환이 아닐 수 없다. 벗어날 수 없는 고독과 허기의 시간들. 너머에는 또 다른 "백야의 시간"과 백지의 벽들이 기다린다. 끔찍하고 징그러운 애벌레의 시간이란 그래도 급격한 폭풍의 시간이라 할만하다. 그들은 잎사귀들을 닥치는 대로 먹어대는데, 유충은 순식간에 자신의 몸집을 수십 배로 불리며 급격하게 성장이라도 해나가기 때문이다. 그러나 작가들의 경우 슬럼프에 빠져 무기한 허우적대기도 하므로 오히려 중진 작가로 성장한 이후에 더 큰 창작에의 고통과 번민이 증폭되기도 한다. 유충의 몸체에 돋아난 수북한 솜털들에는 독이 묻어 있다고 한다. 독의 쓴맛, 고약한 냄새와 독성 자체는 천적으로부터 자신을 보호하기 위한 수단이 되는 동시에 이후에는 체내에서 분해되어 에너지원으로 활용되기도 한다고 한다. 독의 이중성, 희망 역시 그러하다. 한영채 시인은 독의 이중성, 희망의 이중성을 그만의 독특한 언어로 수려하게 잘 벼리고 잘 버무린다. "천지를 버무리며" 날아가는 "여린 배추흰나비"(「버무리다」)의 날갯짓을 응시하는 그녀의 시선을 뒤쫓아 따라가며, 독자인 나와 당신은 어느덧 풀밭 한가운데에 서 있다. "활주로를 찾아" 바닥을 차오르는 "모나크 나비처럼"(「모나크 나비처럼」), 도약할 준비를 하기 위해 먼저 눈앞의 알을 깨고 나가야 한다. 너머의 너머의 너머에 날개의 시간이 기다린다. 희망처럼.▨

| 한영채 |

경주에서 출생했다. 2006년 『문학예술』로 등단하였으며, 시집으로 『모랑시편』 『신화마을』 『골목 안 문장들』이 있다. 2016년 『신화마을』이 세종도서 문학나눔으로 선정되었으며 2016년, 2021년 울산문화재단창작기금을 수혜했다. 2020년 캘리그래피 추천작가로 활동 중이다.

이메일 : hyc0114@hanmail.net

모나크 나비처럼 ⓒ 한영채

초판 인쇄 · 2021년 7월 7일
초판 발행 · 2021년 7월 12일

지은이 · 한영채
펴낸이 · 이선희
펴낸곳 · 한국문연

서울 서대문구 증가로 31길 39, 202호
출판등록 1988년 3월 3일 제3-188호
대표전화 302-2717 | 팩스 · 6442-6053
디지털 현대시 www.koreapoem.co.kr
이메일 koreapoem@hanmail.net

ISBN 978-89-6104-289-5 03810

값 10,000원

울산광역시 ULSAN METROPOLITAN CITY   울산문화재단 ULSAN ARTS AND CULTURE FOUNDATION

본 도서는 울산문화재단 '2021 울산예술지원 선정사업'의 지원을 받아 발간되었습니다.